U0010526

母語人士
口語示範

牛津英語大師教你
Google 英語學習術

用 AI 人工智慧陪你學習，
做你 24 小時的免費隨身家教

牛津英語大師 路易思 Luiz

Gemma、Jack Mercia

著

晨星出版

CONTENTS 目次

5　作者序

7　使用說明

Part 1 谷歌大神！「amazing」是什麼意思？
. . . .

12　Chapter 01　用語音查單字
Looking For Vocabulary

16　Chapter 02　練習字母的發音
Practice the Pronunciation of the ABCs

18　Chapter 03　練習單字的發音
Practice the Pronunciation of Vocabulary

25　Chapter 04　練習片語的發音
Practice the Pronunciation of Phrases

29　Chapter 05　練習短句的發音
Practice the Pronunciation of Sentences

Part 2 求谷歌大神糾正我的發音
. . . .

38　Chapter 06　唸出「單字」，然後讓谷歌大神糾正發音
Read out Vocabulary

42　Chapter 07　唸出「片語」，然後讓谷歌大神糾正發音
Read out Phrases

46　Chapter 08　唸出「句子」，然後讓谷歌大神糾正發音
Read out Sentences

Part 3 谷歌大神！我用英語問，請你回答哦！

56 | Chapter **09** | 問候
Greetings（打招呼）

60 | Chapter **10** | 方向
Directions（幫我查一下附近的餐廳）

70 | Chapter **11** | 時間
Time（現在幾點呢？）

76 | Chapter **12** | 天氣
Weather（今天天氣如何？）

81 | Chapter **13** | 重要資訊
Important Information（歐巴馬是誰？墨西哥首都？）

85 | Chapter **14** | 食譜
Recipes（教我怎麼做鬆餅）

88 | Chapter **15** | 娛樂
Entertainment（請問 Lady Gaga 有哪些歌？）

91 | Chapter **16** | 卡路里和營養
Calories and Nutrition（請問巧克力的卡路里有多少？）

95 | Chapter **17** | 健康與生活型態
Health and Lifestyle（請告訴我正確的睡眠姿勢）

99 | Chapter **18** | 歌曲
Songs（請你唱生日快樂歌給我聽）

103　Chapter **19**　寵物
Pets（請問要如何訓練我的寵物？）

107　Chapter **20**　詢問……的做法
How To's（要如何使用谷歌地圖？）

Part
4　谷歌大神！數字和價錢怎麼說呢？

112　Chapter **21**　谷歌大神，介紹給我各類數字
Google, Present All Kinds of Numbers

115　Chapter **22**　小數和分數
Decimals and Fractions

118　Chapter **23**　加、減、乘、除
Addition, Subtraction, Multiplication and Division

123　Chapter **24**　電話和手機號碼
Telephone ／ Cell phone Numbers

127　Chapter **25**　其他類數字
Other Numbers

Part
5　帶谷歌大神一起出國旅行

134　Chapter **26**　旅行對話練習
Travel Conversation Practice

138　Chapter **27**　查詢當地的資訊
Searching for Local Information

143　Chapter **28**　讓谷歌大神當你個人的語音助理
Make Google Your Personal Voice Assistant

用英文與 AI 老師聊天，
讓你無壓力學英文

牛津英語大師　路易思

「簡單英文看得懂、聽得懂，但是害怕一開口，沒人聽懂！」

「每次出國，明明可用簡單幾句會話溝通，但卻開不了口。」

「想找人一起練習發音，又擔心面對真人時產生自卑，真不知該如何做起。」

是不是說出了你的心聲呢？

請問你是否在路上看過或是自己也這麼做：用聲控方式請 Google 大師幫你找要去的地址？如果沒做過，請現在馬上打開手機試試吧，如果不會的話，請你問 Google 囉！好，相信你已經會使用聲控查詢了，那你有想過改用英文問谷歌大神嗎？

不過你剛才是用中文問，若要改用英文問，卻發音不清楚，谷歌大神一旦聽不懂你在說什麼，反而會提供你與問題無關的訊息哦！

AI 聲控時代來臨，只要出張嘴就能幫你打點一些生活大小事，例如**查詢天氣、行程、提醒事項、點歌、找餐廳、學知識**……等，從現在起不要用中文問了，改用英文吧！

這次**牛津英語大師 路易思**另外找了二位老師——**Gemma** 和 **Jack Mercia** 一起合作寫這本書，目的就是要你們馬上可以開口用英文與谷歌大神聊天。他們二位都是**手機重度使用者**，將平時常問 Google 的一些實用內容，整理給大家參考使用，希望各位好好利用這本書，學好你所需要的英文。

　　想要用英文與 AI 老師聊天嗎？那第一步，就是先讓 Google 聽懂你在說什麼哦！開始好好運用**零碎時間學習（其實一機在手，任何時間、任何地點都行）**，之後自然而然遇到真人時，可以馬上開口說，而且讓對方能聽得懂。就從現在開始吧！與谷歌大神一起學習英文，相信假以時日你必能「**一鳴驚人**」！

牛津英語大師　路易思 Luiz ◀- - - - - - - -

如何使用 Google 助理？

● Google Assistant 的使用說明

　　Android（安卓系統）的使用者不用説，一定是直接下載 App 的（有些手機甚至已經直接內建好了），至於 iOS 系統的使用者，雖然 Siri 在某些程度上也可以達到不錯的效果，但經過作者的測試，Google Assistant 真的比 Siri 聰明很多，回答的內容也更加精準。所以如果真的想認真練習＋得到比較完整的回答的話，仍然強烈建議還是去下載 Google Assistant 的 App 比較好。

　　對了！ Google Assistant App 是免費的，所以可以安心地去下載喔！

● 下載 App 的步驟

安卓用戶：打開 Google Play → 輸入 Google Assistant → 按下載 →完成

IOS 用戶：打開 App Store → 輸入 Google Assistant → 按取得 → 完成

● Google Assistant 的使用方法

　　一般來説，Google Assistant 可接受文字輸入及語音輸入兩種方式，但在搭配本書進行口語發音及聽力練習的時候，還是用語音輸入比較好。

第一，當你用文字輸入的時候，Google Assistant 並不會用語音回答你，這樣就少了一次聆聽比較標準的英文發音和練習英文聽力的機會。

第二，當我們用語音輸入發問時，如果發音或重音唸得不對，Google Assistant 會給出錯誤的資訊，或直接回覆你：「很抱歉，我不清楚您說的是什麼。」之類的，讓你一直練習到發音正確才會有符合問題的回答。

所以強烈的建議，當你在使用這本書的時候，還是盡量（一定）要用語音輸入來練習喔！

另外，Google Assistant 還有一個功能，就是在某些情況下，我們可以接續上一個問題或話題，再接著下另一個指令或問另外一個問題，Google Assistant 會接著完成指令或回答問題。

●Siri 的使用方法

iPhone 8 以前的機型，長按 Home 鍵後就可以呼叫 Siri，但從 iPhone 10 之後的所有機型，則是長按開機鍵後呼叫 Siri。

Siri 的話只有語音輸入一種方式：可以先用語音輸入要發問的問題，再將 Siri 所辨識出來的文字以鍵盤編輯修正，但你也可以一直使用語音輸入，直到 Siri 聽懂為止。

不過 Siri 比較不好用的地方，在於它常常只會提供搜尋到的相關網頁，而不是直接回答問題，在這一點上 Google Assistant 就比較好用。但是某些比較簡單的問題或指令，Siri 還是會直接回答和執行的。

雖然都是同一個系統，但根據作者的觀察，Google Assistant 跟 Siri 的回答不是每次都是一樣的，有些問題可能 A 的系統回答了，但 B 的系統卻顯示「我不清楚你在說什麼」……之類的，所以請不用緊張。

如何收聽音檔？

手機收聽
1. 每一單元開頭，手機圖案的右下角都附有 **MP3 QR Code** ◀- - - -
2. 用 App 掃描就可立即收聽 Jack 老師為該單元朗讀的發音示範

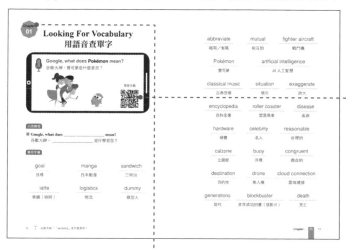

電腦收聽、下載
1. 手動輸入網址＋**單元編號**即可收聽該單元音檔，按右鍵則可另存新檔下載

   http://epaper.morningstar.com.tw/mp3/0170006/**01**.mp3
2. 如想收聽、下載不同單元的音檔，請修改網址後面的單元編號即可，例如：

   http://epaper.morningstar.com.tw/mp3/0170006/**02**.mp3

   http://epaper.morningstar.com.tw/mp3/0170006/**28**.mp3

   依此類推……
3. 建議使用瀏覽器：Google Chrome、Firefox

全書音檔大補帖下載（請使用電腦操作）
1. 尋找密碼：請翻到本書第 72 頁，找出第 1 個英文單字。
2. 進入網站：http://0rz.tw/ZJ6Wx（輸入時請注意大小寫）
3. 填寫表單：依照指示填寫基本資料與下載密碼。E-mail 請務必正確填寫，萬一連結失效才能寄發資料給您！
4. 一鍵下載：送出表單後點選連結網址，即可下載。

如何使用本書？

1. 請拿起你的手機
2. 打開手機中的 Google Assistant App（詳見第 7 ～ 8 頁的說明）
3. 使用語音輸入功能，開始進行口語發音及聽力練習：
   ① 將每個主題的實用字彙、實用詞彙輪流套入空格中對 Google Assistant 進行發問，展開語音互動練習。
   ② 念出實用句子，看看 Google Assistant 是否能夠理解你所說的內容。
4. 如果發音不正確，Google Assistant 就會答出錯誤的資訊，或者無法理解你所說的內容，此時請掃描每個單元所附的 QR Code，聽聽 Jack 老師的發音示範。
5. 聽完之後繼續回頭練習，與 Google Assistant 進行語音互動。

Part

1

谷歌大神！「amazing」是什麼意思？

Chapter 01

Looking For Vocabulary
用語音查單字

Google, what does Pokémon mean?

谷歌大神，寶可夢是什麼意思？

發音示範

口語練習

■ **Google, what does _____ mean?**
  谷歌大神，_____ 是什麼意思？

實用字彙

goal	manga	sandwich
目標	日本動漫	三明治

latte	logistics	dummy
拿鐵（咖啡）	物流	模型人

abbreviate	mutual	fighter aircraft
縮寫／省略	相互的	戰鬥機

Pokémon	artificial intelligence
寶可夢	AI 人工智慧

classical music	situation	exaggerate
古典音樂	情況	誇大

encyclopedia	roller coaster	disease
百科全書	雲霄飛車	疾病

hardware	celebrity	reasonable
硬體	名人	合理的

calzone	buoy	congruent
比薩餃	浮標	適合的

destination	drone	cloud connection
目的地	無人機	雲端連接

generations	blockbuster	death
世代	非常成功的書（或影片）	死亡

■ **What is** _____ ?

什麼是 _____ ？

a bagel	a wrench	a classroom
一個貝果	一把扳手	一間教室

a ballad	an experiment	a monsoon
一首民謠	一場實驗	（印度的）季風／雨季

an aspiration	background	a doorbell
一個志向	背景	一個門鈴

an idea	a corridor	a marsh
一個點子	一條走廊	一潭沼澤

a blanket	ferocious	pollution
一條毯子	兇猛的	汙染

an explanation	psychology	a faucet
一個解釋	心理學	一個水龍頭

a document	a seed	major surgery
一份文件	一顆種子	大手術

■ **How can I improve my** _____ ?
　我可以如何加強我的 _____ ？

English
英文

listening
聽力

writing
寫作

pronunciation
發音

speaking
口說

health
健康

memory
記憶力

sleep
睡眠

job skills
工作技能

time management
時間管理

performance on exams
考試成績

hockey skills
曲棍球技巧

personal effectiveness
個人效能

emotional intelligence
情緒智商

self-confidence
自信心

■ **Teach me a word a day.**
　一天教我一個單字

Practice the
Pronunciation of the ABCs
練習字母的發音

What is the definition of success?
成功的定義是什麼？

發音示範

■ **What is the definition of** _____ **?**
_____ 的定義是什麼？

實用字彙

the ABCs	the alphabet	a letter
ABC 們	字母系統	一個字母

a word	vocabulary	grammar
一個單字	單字	文法

a compound word	punctuation
一個複合詞	標點符號

■ **How many letters are there?**
一共有多少個字母？

■ **Sing the ABC song.**
唱 ABC 的歌曲

■ **How do you pronounce _____ ?**
怎麼發 _____ 的音？

i)	A	x)	J	xix)	S
ii)	B	xi)	K	xx)	T
iii)	C	xii)	L	xxi)	U
iv)	D	xiii)	M	xxii)	V
v)	E	xiv)	N	xxiii)	W
vi)	F	xv)	O	xxiv)	X
vii)	G	xvi)	P	xxv)	Y
viii)	H	xvii)	Q	xxvi)	Z
ix)	I	xviii)	R		

Chapter 03

Practice the
Pronunciation of Vocabulary
練習單字的發音

Define couch surfing.
什麼是沙發衝浪？

發音示範

口語練習

■ **Define** _____.
　什麼是 _____ ？

實用字彙

a noun	a pronoun	an adjective	a verb
名詞	代名詞	形容詞	動詞

under the weather	couch potato
身體不舒服	沙發馬鈴薯
	（【俚】極為懶惰的人／成天躺著或坐在沙發上看電視的人）

AMA（ask me anything）

問我任何事

facepalm

用手摀住臉

give the benefit of the doubt

因證據不足而承認某人無罪（或無過失等）

touché ／ touche

說得對

let's chill

讓我們放鬆一下

ghosting

假裝消失（通常指一個人從另一個人的生活中默默或突然消失了）

hit up

去……（年輕人的口語，通常後面接地點）

TTYL（talk to you later）

下次再聊

uphill battle

艱苦的奮鬥

screwed up

搞砸了

crime scene

犯罪現場

seniority system

資歷體系

redneck

鄉下人
（指頭脖曬紅的美國南部貧苦農
民，尤指其中觀念狹隘保守者）

wildfire

野火

picture frame

相框

■ **How do you pronounce** _____ ?

_____ 你要怎麼發音？

實用字彙

Family 家人

請一個字母一個字母唸，例如：m-o-m，請聽聽 Jack 老師的發音示範。

m-o-m ／ mom

媽媽

d-a-d ／ dad

爸爸

b-r-o-t-h-e-r ／ brother

哥哥／弟弟（通常哥哥前面會加 older，弟弟前面會加 younger）

s-i-s-t-e-r ／ sister

姊姊／妹妹（通常姊姊前面會加 older，妹妹前面會加 younger）

g-r-a-n-d-m-o-t-h-e-r
grandmother

奶奶／外婆／阿嬤

g-r-a-n-d-f-a-t-h-e-r
grandfather

爺爺／外公／阿公

c-o-u-s-i-n ／ cousin

表兄弟姊妹

a-u-n-t ／ aunt

阿姨／姑姑／嬸嬸

谷歌大神！「amazing」是什麼意思？

u-n-c-l-e ╱ uncle

叔叔／舅舅／伯伯

r-e-l-a-t-i-v-e ╱ relative

親戚

實用字彙

Home 家

h-o-m-e
home

住家

l-i-v-i-n-g-r-o-o-m
living room

客廳

k-i-t-c-h-e-n
kitchen

廚房

b-a-t-h-r-o-o-m
bathroom

廁所

b-e-d-r-o-o-m
bedroom

房間

s-o-f-a
sofa

沙發

c-h-a-i-r ╱ chair

椅子

c-o-m-p-u-t-e-r ╱ computer

電腦

b-a-s-e-m-e-n-t
basement

地下室

a-t-t-i-c
attic

閣樓

w-i-r-e
wire

電線

v-a-s-e
vase

花瓶

g-l-a-s-s ╱ c-a-b-i-n-e-t
glass cabinet

玻璃櫃

c-u-s-h-i-o-n
cushion

坐墊

Places　地方

s-c-h-o-o-l
school
___
學校

s-u-p-e-r-m-a-r-k-e-t
supermarket
___
超級市場

a-i-r-p-o-r-t ／ airport
___
機場

h-o-s-p-i-t-a-l ／ hospital
___
醫院

c-a-f-e ／ cafe
___
咖啡廳

m-u-s-e-u-m ／ museum
___
博物館

m-o-v-i-e ／ t-h-e-a-t-e-r ／ movie theater
___
電影院

p-a-r-k ／ park
___
公園

m-o-u-n-t-a-i-n ／ mountain
___
山

b-e-a-c-h
beach
___
海灘

a-r-t ／ g-a-l-l-e-r-y
art gallery
___
美術館

Sports and Activities　運動與活動

s-o-c-c-e-r ／ soccer

足球（美國用語）

f-o-o-t-b-a-l-l ／ football

足球

t-e-n-n-i-s
tennis

網球

b-a-s-k-e-t-b-a-l-l
basketball

籃球

b-a-s-e-b-a-l-l
baseball

棒球

s-w-i-m-m-i-n-g
swimming

游泳

h-i-k-i-n-g
hiking

徒步旅行

b-i-k-i-n-g
biking

騎腳踏車

r-u-n-n-i-n-g ／ running

跑步

f-i-s-h-i-n-g ／ fishing

釣魚

b-a-l-l-e-t ／ ballet

芭蕾

m-e-d-i-t-a-t-e ／ meditate

冥想

z-a-z-e-n ／ zazen

禪宗之打坐

b-o-x-i-n-g ／ boxing

拳擊

Countries 國家

T-a-i-w-a-n
Taiwan（R.O.C.）
———————————————
台灣（中華民國）

T-h-a-i-l-a-n-d
Thailand
———————————————
泰國

t-h-e ／ U-n-i-t-e-d ／ S-t-a-t-e-s ／ o-f ／ A-m-e-r-i-c-a
the United States of America
———————————————————————————————————
美國

E-n-g-l-a-n-d
England
————————
英國

J-a-p-a-n
Japan
————————
日本

A-u-s-t-r-a-l-i-a
Australia
————————
澳洲

S-o-u-t-h ／ K-o-r-e-a
South Korea
————————————————
南韓

G-e-r-m-a-n-y
Germany
————————
德國

B-r-a-z-i-l ／ Brazil
————————————————
巴西

F-r-a-n-c-e ／ France
————————————————
法國

I-n-d-i-a ／ India
————————————
印度

C-a-m-b-o-d-i-a ／ Cambodia
————————————————
柬埔寨

Practice the
Pronunciation of Phrases
練習片語的發音

What is **a phrase?**
什麼是片語？

延伸提問

■ **What are some common phrases?**
有哪些常見的片語？

■ **Please give me some common phrases.**
請給我一些常見的片語。

■ **Give me an example of a phrase.**
給我一個片語的例子。

發音示範

口語練習

■ **How do you pronounce** _____ ?
_____ 要如何發音？

實用詞彙

Phrases for Greetings　問候的片語

請一個字母一個字母唸，例如：w-h-a-t-s ／ n-e-w，請聽聽 Jack 老師的發音示範。

w-h-a-t-s ／ n-e-w
What's new?

有什麼新消息嗎？

w-h-a-t-s ／ u-p
What's up?

什麼事？／怎麼了？

h-o-w-s ／ l-i-f-e

How's life?

最近怎麼樣？

p-r-e-t-t-y ／ g-o-o-d

Pretty good.

蠻不錯的。

i ／ m ／ a-l-r-i-g-h-t

I'm alright.

我很好。

n-o-t ／ b-a-d

Not bad.

不錯。

c-o-u-l-d ／ b-e ／ b-e-t-t-e-r

Could be better.

還行。

實用詞彙

Phrases to Say "thank You"　表示「感謝」的片語

t-h-a-n-k ／ y-o-u

Thank you!

謝謝你！

t-h-a-n-k-s ／ s-o ／ m-u-c-h

Thanks so much!

非常感謝你！

i ／ r-e-a-l-l-y ／ a-p-p-r-e-c-i-a-t-e ／ i-t

I really appreciate it!

我真的很感激！

y-o-u ／ h-a-v-e ／ b-e-e-n ／ v-e-r-y ／ h-e-l-p-f-u-l

You have been very helpful.

你幫了我很多忙。

i ／ o-w-e ／ y-o-u ／ o-n-e

I owe you one.

我欠你一次。

實用詞彙

Phrases to Say "You're Welcome"　說「不客氣」的片語

y-o-u-r-e ／ w-e-l-c-o-m-e

You're welcome!

不用客氣！

n-o ／ p-r-o-b-l-e-m

No problem.

沒問題／不客氣。

d-o-n-t ／ m-e-n-t-i-o-n ／ i-t

Don't mention it.

別客氣。

m-y ／ p-l-e-a-s-u-r-e

My pleasure.

我的榮幸。

a-n-y-t-i-m-e

Anytime.

隨時。

n-o ／ w-o-r-r-i-e-s

No worries.

沒問題

g-l-a-d ／ t-o ／ h-e-l-p

Glad to help.

高興能幫得上忙。

n-o-t ／ a-t ／ a-l-l ／ i ／ e-n-j-o-y-e-d ／ i-t

Not at all, I enjoyed it.

不用謝，我樂在其中。

i ／ m ／ h-a-p-p-y ／ t-o ／ d-o ／ i-t

I'm happy to do it.

我很高興這麼做。

i-t-s ／ n-o-t-h-i-n-g

It's nothing.

沒什麼啦！

Chapter 05

Practice the
Pronunciation of Sentences
練習短句的發音

What is **a sentence**?
什麼是句子？

延伸提問

■ **Give me an example of a sentence.**
給我一個句子的例子。

■ **What is a common sentence structure?**
常見的句子結構是什麼？

■ **What are examples of sentence structure?**
句子結構的例子有哪些？

發音示範

口語練習

■ **How do you pronounce _____ ?**
_____ 要怎麼發音？

實用句子

請一個字母一個字母唸，例如：t-h-a-n-k / y-o-u / v-e-r-y / m-u-c-h，請聽聽
Jack 老師的發音示範。

t-h-a-n-k ／ y-o-u ／ v-e-r-y ／ m-u-c-h
Thank you very much.

非常感謝。

e-x-c-u-s-e ／ m-e

Excuse me.

不好意思。

i ／ a-m ／ s-o-r-r-y

I am sorry.

對不起。

w-h-a-t ／ d-o ／ y-o-u ／ t-h-i-n-k

What do you think?

你覺得如何？

n-e-v-e-r ／ m-i-n-d

Never mind.

沒關係／不介意。

h-o-w ／ d-o-e-s ／ t-h-a-t ／ s-o-u-n-d

How does that sound?

聽起來如何？

t-h-a-t ／ s-o-u-n-d-s ／ g-r-e-a-t

That sounds great.

聽起來很棒。

l-e-t-s ／ m-a-k-e ／ a ／ t-o-a-s-t

Let's make a toast!

讓我們舉杯祝賀！

Sentences for Learning English　學英文的句子

■ **What does** _____ **mean?**
　　_____ 是什麼意思？

a-p-o-s-t-r-o-p-h-e
apostrophe

撇號

c-o-m-p-o-s-i-t-i-o-n
composition

作文

a-b-b-r-e-v-i-a-t-i-o-n
abbreviation

縮寫

s-y-n-t-a-x
syntax

句法

i ／ a-m ／ l-e-a-r-n-i-n-g ／ e-n-g-l-i-s-h
I am learning English.

我在學英文。

s-a-y ／ t-h-a-t ／ a-g-a-i-n
Say that again.

再說一次。

c-o-u-l-d ／ y-o-u ／ p-l-e-a-s-e ／ s-p-e-a-k ／
s-l-o-w-e-r ／ Could you please speak slower?

你可以說慢一點嗎？

i ／ d-o ／ n-o-t ／ u-n-d-e-r-s-t-a-n-d

I do not understand.

我不懂。

■ h-e-l-l-o ／ m-y ／ n-a-m-e ／ i-s ／ _____ .

Hello! My name is _____ .

你好！我的名字叫 _____ 。

實用句子

n-i-c-e ／ t-o ／ m-e-e- t ／ y-o-u

Nice to meet you!

很高興認識你！

w-h-e-r-e ／ a-r-e ／ y-o-u ／ f-r-o-m

Where are you from?

你從哪裡來？

w-h-a-t ／ d-o ／ y-o-u ／ l-i-k-e ／ t-o ／ d-o

What do you like to do?

你喜歡做什麼？

w-h-a-t ／ d-o ／ y-o-u ／ d-o

What do you do?

你是從事什麼行業？

h-o-w ／ a-r-e ／ y-o-u ／ d-o-i-n-g ／ t-o-d-a-y

How are you doing today?

你今天好嗎？

h-o-w-s ／ l-i-f-e ／ t-r-e-a-t-i-n-g ／ y-o-u

How's life treating you?

你過得如何？

i ／ m ／ s-t-i-l-l ／ t-h-e ／ s-a-m-e.

I'm still the same.

還是老樣子。

t-o-m-o-r-r-o-w ／ w-i-l-l ／ b-e ／ b-e-t-t-e-r

Tomorrow will be better.

明天會更好。

i ／ d-o-n-t ／ f-e-e-l ／ s-o ／ g-o-o-d

I don't feel so good.

我感覺不太好。

i ╱ m ╱ a ╱ m-e-s-s

I'm a mess.

我一團糟。

Sentences to Ask for Information　詢問資訊的句子

實用句子

d-o ╱ y-o-u ╱ k-n-o-w ╱ s-o-m-e-t-h-i-n-g

Do you know something?

你知道什麼嗎？

w-h-e-r-e ╱ c-a-n ╱ I ╱ f-i-n-d ╱ s-o-m-e-t-h-i-n-g

Where can I find something?

我可以在哪裡找到什麼？

t-e-l-l ╱ m-e ╱ a-b-o-u-t ╱ s-o-m-e-t-h-i-n-g

Tell me about something.

請告訴我一些事。

d-o ╱ y-o-u ╱ h-a-p-p-e-n ╱ t-o ╱ k-n-o-w ╱
s-o-m-e-t-h-i-n-g

Do you happen to know something?

請問您知道什麼嗎？

（預期對方可能不知道，但還是冒昧請問一下看看，比較謙虛有禮的表達方式）

■ p-l-e-a-s-e ／ s-h-o-w ／ m-e ／ _____ .

Please show me _____ .

請顯示 _____ 。

實用字彙

t-h-e ／ m-a-p
the map

地圖

t-h-e ／ e-n-t-r-a-n-c-e
the entrance

入口

t-h-e ／ e-x-i-t
the exit

出口

t-h-e ／ p-a-s-s-w-o-r-d
the password

密碼

y-o-u-r ／ p-a-s-s-p-o-r-t
your passport

你的護照

i-n ／ S-p-a-n-i-s-h
in Spanish

西班牙文

y-o-u-r ／ d-r-i-v-e-r-s ／ l-i-c-e-n-s-e
your driver's license

你的駕照

v-e-h-i-c-l-e ／ r-e-g-i-s-t-r-a-t-i-o-n
vehicle registration

車輛登記證

Part

2

求谷歌大神

糾正我的發音

Read out Vocabulary
唸出單字

Repeat after me: robot.
請跟我複誦：robot（機器人）。

發音示範

口語練習

■ **Repeat after me:** _____ .
　 請跟我複誦：_____ 。

實用字彙

Food　食物

fruit	vegetable	meat	pasta
水果	蔬菜	肉	義大利麵食
bread	mango	asparagus	pork
麵包	芒果	蘆筍	豬肉

Transportation　交通工具

car	bus	boat	airplane
汽車	公車	船	飛機

train	taxi	premier bus
火車	計程車	大型遊覽車

cruise ship	helicopter	subway
（帶餐廳、酒吧的）遊輪	直升機	【美】地鐵

Occupations　職業

doctor	engineer	teacher	fire fighter
醫生	工程師	老師	消防員

singer	dentist	psychologist	actor
歌手	牙醫	心理學家	演員

artist	police officer	sommelier
藝術家	警察	侍酒師

Furniture　家具

chair	desk	table	sofa
椅子	書桌	桌子	沙發

bed	stool	beanbag
床	凳子	懶人沙發

coffee table	bench	cabinet
茶几	長凳	櫥櫃

Appliances　家電

refrigerator	television ／ TV	microwave
冰箱	電視	微波爐

stove	oven	washing machine	dryer
（用於取暖的）爐／火爐	烤箱	洗衣機	烘乾機

blender	vacuum cleaner	dishwasher
打果汁機／攪拌機	吸塵器	洗碗機

Geography   地理

river	lake	ocean	forest
河流	湖泊	海洋	森林

mountain	desert	swamp	plain
山	沙漠	沼澤	平原

jungle	valley	iceberg	cliff
叢林	谷	冰山	懸崖

Business   商業

income	cost	budget	solve
收入	成本	預算	解決

performance	taxpayer	trademark
業績	納稅人	商標

allocate	customs	entrepreneur
分配	海關	創業者／企業家

Read Out Phrases
唸出片語

Repeat after me: hurry up.

請跟我複誦：hurry up（快一點）。

發音示範

口語練習

■ **Repeat after me:** _____ .

請跟我複誦：_____ 。

實用詞彙

Phrases to Say "Yes" 表達「好」的片語

Yes, please!	Of course!	Most certainly.
好的，謝謝！	當然！	當然可以
（接受好意時的客氣話）		

Why not?	Sure!	Incredible!
為什麼不呢？	對／好／可以呀！	極好的！

Phrases to Say "No" **表達「不好」的片語**

No.
不要。

No, thank you.
不了，謝謝。

Sorry.
抱歉。

Cannot.
沒辦法。

No can do.
沒有辦法喲。（非正式）

實用詞彙

Phrases for Agreeing **表達「同意」的片語**

I agree.
我同意。

Absolutely.
絕對地。

Exactly.
沒錯。

That's so true!
千真萬確！

I'll say!
【口】當然／的確！

What a good idea!
多麼好的主意啊！

Phrases for Disagreeing　表達「不同意」的片語

I disagree.

我不同意。

I don't think so.

我不這麼認為。

Not necessarily.

未必／不見得。

I'm not so sure about that.

對此我不確定。

No way!

不可能啦！

（非正式用法，也可以用來表示驚訝）

實用詞彙

Common Phrases　常見的片語

See eye to eye.

（兩人）意見一致。

A piece of cake.

【口】容易的事。

The best of both worlds.

兩全其美。

To cut corners.

偷工減料。

To feel under the weather.

覺得不舒服。

Shut up!

閉嘴！

To cost an arm and a leg.

所費不貲／荷包大失血。

Be quiet!

安靜點！

Once in a blue moon.

千載難逢。

Break a leg!

祝你好運！

No more excuses not to exercise.

沒有藉口不運動。

I'm trying to lose weight.

我正在努力減肥。

It's your choice.

這是你的選擇。

Time is money.

時間就是金錢。

That makes no difference.

沒什麼差別。

It's been a long day.

今天真是漫長的一天。

I'm on a winning streak.

我運氣很好。

I feel cheated!

我覺得我被騙了！

Don't be silly.

別傻了。

What a pity!

好可惜！

Let's go dutch.

我們各付各的。

Read out Sentences
唸出句子

Repeat after me: the walls have ears.

請跟我複誦：the walls have ears（隔牆有耳）。

發音示範

口語練習

■ **Repeat after me:** _____ .
　　請跟我複誦： _____ 。

實用句子

Sentences about Food and Drink　關於食物跟飲料的句子

My favorite food is steak.

我最喜歡的食物是牛排。

What is your favorite food?

你最喜歡的食物是什麼？

I am really hungry.

我真的很餓。

What would you like to eat?

你想吃什麼？

I am thirsty.

我口渴。

Care to have something to drink?

你想喝點什麼嗎？

These apples are delicious.

這些蘋果真好吃。

I would like to have blueberry pancakes with a side of toast, please.

我要藍莓鬆餅搭配吐司，麻煩您了。

That pasta looks really good.

那義大利麵食看起來真好吃。

Where do you want to eat?

你想在哪裡吃？

I would like to invite you for lunch.

我想邀請你一起吃午餐。

Sentences about Transportation　關於交通的句子

Can you drive a boat?

你會開船嗎？

Where is the airport?

機場在哪裡？

The subway is faster than the taxi.

地鐵比計程車還要快。

There is a lot of traffic in this area.

這個區域的交通很繁忙。

The city bus is very convenient.

市區的公車是非常方便的。

The cruise departs from Miami.

遊輪從邁阿密出發。

Do you have a motorcycle license?

請問你有機車駕照嗎？

It takes fifteen minutes by car to the airport.

坐車到機場需要 15 分鐘。

The train arrives in half an hour.

火車在半小時後抵達。

Sentences about Occupations　關於職業的句子

I am a teacher.

我是一位老師。

They are doctors.

他們是醫生。

This artist has some really nice paintings.

這位藝術家有一些真的很不錯的畫作。

That actor is in a lot of famous movies.

那位演員出現在很多非常有名的電影裡。

What is your job?

你是從事什麼行業的？

Firefighters are very heroic.

消防隊員們都非常英勇。

Who is your favorite singer?

誰是你最喜歡的歌手？

The city is very safe because there are a lot of police officers.

因為有很多警察，所以這個城市非常的安全。

I like psychologists because they have some great advice.

我喜歡心理學家，因為他們有一些很棒的建議。

Your dentist has really nice teeth.

你的牙醫有一口好牙。

Sentences about Furniture　關於家具的句子

The sofa is very comfortable.

這張沙發非常舒服。

This desk is very clean and organized.

這張書桌非常的乾淨整齊。

That chair looks very old.	I like how big this bed is.
那張椅子看起來很舊。	我喜歡這張床的大小。

Please sit at the table.	These stools are very high.
請在此桌坐下來。	這些高腳凳很高。

She wants to sit on the red beanbag.

她想坐在那張紅色懶人沙發上面。

This park bench is very good for taking photos.

這個公園的長板凳很適合用來照相。

There are so many things in this cabinet!

這個櫃子裡面有超多東西。

I like this round coffee table in front of the TV.

我喜歡電視機前面的這個圓形茶几。

Sentences about Appliances　關於家電的句子

I can watch a baseball game on TV.

我可以在電視上看場棒球比賽。

This refrigerator looks nice in the kitchen.

廚房裡這台冰箱看起來很讚。

Can you please microwave the food from last night?

可以請你幫我微波一下昨晚的食物嗎？

I want this stove because it has four burners.

我想買這個爐子因為它有四個爐嘴。

Please be careful, because the oven is very hot.

請小心，因為烤箱很燙。

The children like to watch the clothes spin in the washing machine.

小孩子喜歡看著衣服在洗衣機裡面轉來轉去。

I can put so many clothes in the dryer.

我可以在烘乾機裡面放很多衣服。

This blender can make the best milkshakes.

這個果汁機能做出最棒的奶昔。

Vacuum cleaners are loud, but they are so convenient.

吸塵器很大聲，但它們真的很方便。

I don't need to wash the plates in the sink because
I can use the dishwasher.

我不需要在水槽洗盤子，因為我可以用洗碗機。

實用句子

Sentences about Geography　關於地理環境的句子

The Nile River is the longest river in the world.

尼羅河是世界上最長的河流。

You can go sailing on the lake.

你可以在湖上乘船。

The Pacific Ocean is the largest ocean in the world.

太平洋是世界上最大的海洋。

There are many bears living in the forest.

森林裡住著很多熊。

This mountain is great for skiing because there is so much snow.

這座山是滑雪的好地方，因為這裡有很多雪。

The desert is very hot and dry.

沙漠是非常酷熱和乾燥的。

Please be careful, because there are alligators in the swamp.

請小心，因為沼澤裡面有一些短吻鱷。

This plain is good for growing corn.

這片平原很適合種玉米。

I love to explore the jungle and see the colorful animals.

我喜歡在叢林裡探索和看那些五顏六色的動物。

The valley is very beautiful because I can look at the pretty mountains.

山谷很美，因為我能看到漂亮的山脈。

Part

3

谷歌大神！我用英語問，請你回答哦！

Greetings
問候

How was your trip?
你的這趟旅行如何呢？

AMAZING AFRICA

發音示範

口語練習

Formal Questions　正式的問句

> 問「你好嗎？」的三種方式。

- **How are you?**
- **How are you doing?**
- **How do you do?**

實用字彙

> 「你 ＿＿＿＿＿＿＿＿＿ 過得如何啊？」的兩種問法。

■ **How have you been** _____ ?

recently	this week	this month	this year
最近	這週	這個月	今年

■ **How was ／ is your** _____ ?

day	weekend	holiday	vacation
今天	上／這週末	假期	休假

trip	night	family	feeling
旅行	晚上	家庭	感覺

實用字彙

問候對方身邊相關的人事物「你的 _____ （最近）如何？」的幾種問法。

■ **How is your** _____ **doing?**

brother ／ sister	mother ／ father
哥哥（弟弟）／姐姐（妹妹）	媽媽／爸爸

grandmother ／ grandfather	niece
奶奶（外婆）／爺爺（外公）	姪女

boyfriend ／ girlfriend	friend
男朋友／女朋友	朋友（單數）

■ How are your _____ doing?

brothers ／ sisters ／ siblings
兄弟們／姐妹們／手足們

parents
父母

grandparents
祖父母／外祖父母

relatives
親戚們

friends
朋友們

pets
寵物

classmates
同學們

besties
最好的朋友們／閨蜜們

■ How is your _____ going?

job
工作

project
項目／方案

homework
功課

vacation
假期

holiday
假期

day
一天

plan
計劃

business
生意

實用句子

Formal Statements　正式的敘述

■ Good _____ !

morning!
早安。

afternoon!
午安。

evening!
晚安。

■ **It's** _____ **to see you!**

good ／ nice

見到你真好。

(very) happy

見到你真的（非常）開心。

It's a pleasure seeing you!

很榮幸見到你。

實用句子

Informal Questions　非正式的問句

What's up?

最近怎樣？

What's new?

有什麼新消息嗎？

What's going on?

怎麼了？

How's it going?

最近如何啊？

How's everything?

一切都還好吧？

Are you alright?

你還好吧？

實用句子

Informal Statements　非正式的敘述

Hello!

哈囉！

Hi!

嗨！

Hey!

嘿！

Long time no see!

好久不見！

It's been a while!

有一陣子沒見了！

Chapter
10

Directions
方向

Where can I watch the Super Bowl?

我在哪裡可以看到超級盃？

發音示範

口語練習

Asking for General Locations　詢問一般場所的地點

■ **Where is the nearest** _____ ?
請問最近的 _____ 在哪裡？

■ **Where can I find the nearest** _____ ?
請問我可以在哪裡找到最近的 _____ ？

實用字彙

rest area	bathroom	pharmacy	hospital
休息區	廁所	藥局	醫院

police station	fire department	post office
警察局	消防局	郵局

gas station	supermarket	bank
加油站	超級市場	銀行

Asking for Specific Locations　詢問特定場所的地點

■ **Where is (the) _____ ?**
　請問 _____ 在哪裡？

■ **Please take me to _____ .**
　請帶我去 _____ 。

■ **Please show me the quickest route to _____ .**
　請告訴我去 _____ 的最快路徑。

實用字彙

Schools　學校

the playschool ／ the kindergarten
幼稚園

the elementary school	the middle school
小學	國中

the high school	the college ／ the university
高中	大學

Landmarks　地標

Chinatown	The Statue of Liberty
中國城	自由女神像
The Eiffel Tower	The London Eye
艾菲爾鐵塔（巴黎鐵塔）	倫敦眼
Tokyo Disneyland	Taipei 101
東京迪士尼	台北 101
The Golden Gate Bridge	Easter Island
金門大橋	復活節島

**Asking for Transportation Locations and Services
詢問大眾交通場所及特殊交通服務地點**

■ **Where is the closest ／ nearest ＿＿＿＿＿＿＿＿＿＿ ?**
請問最近的 ＿＿＿＿＿＿＿＿＿＿ 在哪裡？

■ **Please show me the quickest way to the ＿＿＿＿＿＿＿＿＿＿ .**
請告訴我去 ＿＿＿＿＿＿＿＿＿＿ 的最快道路。

subway station	port／harbor	ferry
地鐵站	港口	渡船

DMV (Department of Motor Vehicles)

監理所

■ **Please show me all of the nearest _____ .**
請顯示最近的 _____ 。

實用字彙

florists	bakeries
花店	麵包店

■ **Where can I rent _____ ?**
我可以在哪裡租到 _____ ？

實用字彙

a bicycle	a car	a auger	a wheelchair
一台腳踏車	一輛車	一台螺旋鑽	一台輪椅

a recreational vehicle	a cocktail dress
一輛露營車	一件晚禮服

Asking for Geographic Locations　詢問地理位置的地點

■ **Where** _____ ?
　_____ 在哪裡？

實用字彙

is the Atlantic Ocean	is the Grand Canyon
大西洋	大峽谷
are the Hawaiian Islands	is Salt Lake
夏威夷群島	鹽湖
are the Andes Mountains	is Cape Town
安地斯山脈	好望角
is Mount Everest	is Yellowstone National Park
珠穆朗瑪峰	黃石國家公園

■ **Where is the nearest** _____ ?
　請問最近的 _____ 在哪裡？

實用字彙

ocean	lake	river	mountain	desert
海洋	湖泊	河流	山／山脈	沙漠

Asking for Places to Eat　詢問用餐的地點

■ **Where is the nearest ／ closest _____ ?**
請問最近的 _____ 在哪裡？

■ **Please show me all of the _____ in this area.**
請顯示這個區域中所有的 _____ 。

實用字彙

Chinese restaurant	café	Subway
中式料理餐廳	咖啡店	潛艇堡餐廳

fast food restaurant	Starbucks	McDonalds
速食店	星巴克	麥當勞

■ **Where can I eat _____ ?**
我可以在哪吃到 _____ ？

實用字彙

Indian ／ Mexican ／ Korean food
印度／墨西哥／韓國料理

French pastries　　　　　Indian curry
法式甜點　　　　　印度咖哩

Asking for Hotels, Hostels, and Places for General Lodging
詢問住宿的相關場所

■ **Where can I find** _____ ?
　 我可以在哪裡找到 _____ ？

實用字彙

a hotel	a hostel	a motel
旅館	青年旅舍	汽車旅館

a bed and breakfast	apartments	a daycare
民宿	公寓	托育中心

■ **What is the** _____ **in this area?**
　 這附近 _____ 是哪間？

實用詞彙

most expensive hotel	cheapest hotel
最貴的旅館	最便宜的旅館

dentist clinic	massage shop
牙醫診所	按摩店

24-hour shop	ATM
24 小時商店	自動提款機

■ **Where is the best** _____ **?**
這附近最好的 _____ 是哪間？

non-smoking hotel
─────────────────
無菸旅館

business hotel
─────────────────
商務旅館

hotel for families
─────────────────
家庭式旅館

hotel that has a pool and sauna
─────────────────
溫泉泳池飯店

Asking About Entertainment and Leisure
詢問休閒娛樂的相關問題

■ **Where can I buy Broadway tickets?**
請問我可以在哪裡買到百老匯的票？

■ **Where is** _____ **?**
請問 _____ 在哪裡？

the nearest shopping mall
─────────────────
最近的購物中心

the nearest amusement park
─────────────────
最近的遊樂園

a good place to relax in this area
這附近可以休息的好地方

■ Where can I watch _____ ?
請問我可以去哪裡看 _____ ?

Spider-Man
蜘蛛人（電影）

the Super Bowl
超級盃（美式足球比賽）

Asking About Travel by Distance　詢問相關場所的距離或里程

■ How many hours does it take _____ ?
請問 _____ 需要多少小時？

by foot to get to the post office
步行至郵局

to drive to Florida by car
開車前往佛羅里達

to fly from New York City to London
搭飛機從紐約到倫敦

■ **How long does it take** _____ ?
請問 _____ 需要多少時間？

to walk from here to the supermarket
從這裡走到超級市場

by taxi to get to the nearest train station
搭計程車前往最近的火車站

to drive from Paris to Madrid
從巴黎開車至馬德里

by train from Tokyo to Osaka
搭火車從東京到大阪

to fly to Israel from Boston
從波士頓飛到以色列

to learn swimming for adults
成人學習游泳

to train a puppy
訓練一隻小狗

Time
時間

 When did Christopher Columbus discover the Americas?

哥倫布是什麼時候發現了美洲？

發音示範

口語練習

■ **Excuse me, ...**（不好意思……）➜ 這裡可以省略

What time is it?	Do you know what time it is?
現在幾點？	請問你知道現在幾點嗎？

Could you tell me the time, please?

可以請你告訴我現在幾點了嗎？

■ **What time is it in _____ ?**

現在 _____ 是幾點鐘？

New York	Paris	Amsterdam
紐約	巴黎	阿姆斯特丹
Rio de Janeiro	Beijing	Madrid
里約熱內盧	北京	馬德里
Johannesburg	Hokkaido	Lima
約翰尼斯堡	北海道	利馬

同義
- **What time does (the) _____ open?**
  _____ 幾點開？
- **When does (the) _____ open?**
  _____ 何時會開？

同義
- **What time does (the) _____ close?**
  _____ 幾點關？
- **When does (the) _____ close?**
  _____ 何時會關？

實用字彙

小提醒

在下頁列出的這些地點前面，最好都加上一些特定的名稱。比如說「華南銀行」（Hua Nan Bank）、「馬偕醫院」（Mackay Memorial Hospital）之類的，問起來會更加精準跟快速。

bank
_____
銀行

hospital
_____
醫院

movie theater
_____
電影院

Taco Bell
_____
塔可鐘（美國連鎖墨西哥速食店）

McDonalds
_____
麥當勞

Boudin Bakery & Cafe
_____
麵包店（舊金山的一家名店）

Starbucks
_____
星巴克

steak restaruants
_____
牛排餐廳

beauty salon
_____
美容院

■ **What time does the** _____ **start?**
_____ 幾點開始？
■ **When does the** _____ **start?**
_____ 何時會開始？

實用字彙

小提醒

在以下這些項目的前面，最好都加上特定的名稱，比如說電影的片名「Star Wars」（星際大戰）、電視節目「South Park」（南方四賤客）、表演（或劇名）「The Lion King」（獅子王）之類的，問起來會更加精準跟快速。

movie
_____
電影

TV show
_____
電視節目

performance
_____
表演

activity
_____
活動

■ **What time will (the) _____ come?**

_____ 幾點會來？

■ **When will (the) _____ come?**

_____ 何時會來？

■ **What time will (the) _____ leave?**

_____ 幾點離開？

■ **When will (the) _____ leave?**

_____ 何時會離開？

實用字彙

the airplane ／ the plane	the train	the bus
飛機	火車	公車

(insert person's name) i.e. John, Abby, Mark

（插入人名）例如：（名字）

the police

警察

the fire department

消防部門

■ **What time is my appointment with _____ ?**

我和 _____ 約幾點？

■ **When is my appointment with _____ ?**

我和 _____ 約什麼時候？

小提醒

這裡的 " _____ " 請代入人名或機構的名稱

eg: What time is my appointment with *Jack*?

例：我和*傑克*約幾點？

■ **When was** _____ ?
_____ 是什麼時候？

實用詞彙

World War II

第二次世界大戰

the Great Wall of China built

萬里長城的建造

the American Revolution

美國大革命

Korean War

韓戰

the Battle of Waterloo

滑鐵盧戰役

Lincoln elected President

林肯總統當選

the invention of the light bulb

發明燈泡

Google search created

谷歌搜尋創立

■ **When did** _____ ?
何時 _____ ?

実用詞彙

World War I start
第一次世界大戰爆發

Gandhi die
甘地過世

the Titanic sink
鐵達尼號沉沒

the Berlin Wall fall
柏林圍牆倒塌

Christopher Columbus discover the Americas
哥倫布發現美洲

Korea split into two
韓國分裂為二

Pearl Harbor happen
珍珠港事變爆發

Queen Elizabeth II get married
伊莉沙白女王二世結婚

Weather
天氣

Please tell me how to survive a flood.
請告訴我如何在洪水氾濫中生存。

發音示範

口語練習

■ **What is the weather like _____ ?**
_____ 天氣如何？

實用字彙

today	this afternoon	this evening
今天	今天下午	今天傍晚

tomorrow *(morning ／ afternoon ／ evening)*
明天（早上／下午／傍晚）

day after tomorrow	this weekend
後天	這週末

next week	in May	in the summer
下週	五月	夏天

on Christmas day	in 3 days	4 days from today
聖誕節那天	這三天	從今天開始這四天

■ **How will the weather be tomorrow?**
明天的天氣會是怎樣？

■ **Will it be _____ today?**
今天會（是）_____ 嗎？

■ **Will the weather be _____ today?**
今天的天氣會（是）_____ 嗎？

■ **How _____ will the weather be today?**
今天的天氣會有多 _____ ？

實用字彙

hot ／ warm	cold ／ cool	sunny	cloudy
熱的／暖的	冷的／涼的	晴朗的	多雲的

rainy	icy	foggy	humid	dry
多雨的	冰冷的	有霧的	潮濕的	乾燥的

windy	thunder	lightning	freezing
風大的	雷聲	閃電	冰凍的

■ **What was the weather like** _____ ?
_____ 的天氣是怎樣的？

yesterday	last Monday	last weekend
昨天	上星期一	上週末

last week	last month	last New Year's Day
上週	上個月	去年元旦

■ **What is the weather like in** _____ ?
_____ 的天氣是怎麼樣的？

Kagoshima, Japan	Bordeaux, France
日本　鹿兒島	法國　波爾多

Buenos Aires, Argentina	Hualien, Taiwan
阿根廷　布宜諾斯艾利斯	台灣　花蓮

Jamaica	Perth, Australia
牙買加（加勒比海地區島國）	澳洲　柏斯

Chiang Mai, Thailand	Copenhagen, Denmark
泰國　清邁	丹麥　哥本哈根

實用句子

How much snow does Mt. Everest get in a year?

珠穆朗瑪峰一年的雪量會有多少？

How many days of the year are sunny in
Los Angeles, California?

加州洛杉磯一年會有幾天是晴朗的？

How much rain does Seoul, Korea get each year?

韓國首爾每年會下多少雨？

What's the weather like in Beijing in June?

北京六月的天氣如何？

■ **How dangerous are** _____ ?
_____ 有多危險？

■ **Please give me information on how to survive a** _____ .
請給我如何在 _____ 中生存的相關資訊。

■ **Please tell me how to survive a** _____ .
請告訴我如何在 _____ 中生存。

實用字彙

hurricanes ／ typhoons
————————————————
颶風／颱風

blizzards
——————————
暴風雪

tornados
——————
龍捲風

hailstorms
——————————
雹暴

flood
————
洪水氾濫

■ **When will typhoon** _____ **hit Taiwan?**
_____ 颱風時麼時候會登陸台灣？

↓

(name of typhoon)
——————————————
颱風的名字

Important Information
重要資訊

What is the Great Wall of China?

萬里長城是什麼？

發音示範

口語練習

■ **Who is the president ／ king ／ queen of** _____ **?**
_____ 的總統／國王／女王是誰？

■ **What is the capital of** _____ **?**
_____ 的首都是？

實用字彙

the United States of America	Sweden
美國	瑞典

England	Germany	Brazil
英國	德國	巴西

France	Australia	Mexico	Japan
法國	澳洲	墨西哥	日本

■ **What is** _____ ?

_____ 是什麼？

實用字彙

the Great Wall of China	the Eiffel Tower
萬里長城	艾菲爾鐵塔（巴黎鐵塔）

the Mona Lisa	the Statue of Liberty
蒙娜麗莎的微笑	自由女神像

Mount Everest	the Grand Canyon
珠穆朗瑪峰	大峽谷

Taipei 101	Walt Disney World
台北 101	迪士尼世界（美國佛羅里達州）

the Colosseum of Rome	Hạ Long Bay
羅馬競技場	下龍灣

the Egyptian Pyramid	Mount Vesuvius
埃及金字塔	維蘇威火山

■ **When was** _____ **?**

_____ 是什麼時候？

■ **When did** _____ **happen?**

_____ 是什麼時候發生的？

World War I
第一次世界大戰

World War II
第二次世界大戰

the Cold War
冷戰時期

the Vietnam War
越戰

the Industrial Revolution
工業革命

228
228 事件

921
921 大地震

911
911 恐怖攻擊事件

the Civil War
美國內戰（南北戰爭）

the holocaust
猶太人大屠殺

the black plague
黑死病

the French Revolution
法國大革命

Crusades
十字軍東征

the sinking of the RMS Titanic
鐵達尼號沉沒事件

■ **Who is** _____ ?
_____ 是誰？

Barack Obama	Bruce Lee	Kim Jong-un
巴拉克・歐巴馬	李小龍	金正恩
Leonardo da Vinci	Mozart	Pablo Picasso
李奧納多・達文西	莫札特	巴勃羅・畢卡索
Adolf Hitler	Confucius	Walt Disney
阿道夫・希特勒	孔子	華特・迪士尼
John F. Kennedy	Jackie Chan	Jet Lee
約翰・甘迺迪	成龍	李連杰
Socrates	Steve Jobs	Genghis Khan
蘇格拉底	史蒂夫・賈伯斯	成吉思汗
Julius Caesar	Qin Shi Huang	Godzilla
凱薩大帝	秦始皇	哥吉拉
Elvis Presley	Plato	Marie Curie
艾維斯・普里斯萊（貓王）	柏拉圖	居禮夫人

Recipes
食譜

How can I make pancakes?

我要怎麼做鬆餅？

發音示範

口語練習

■ **What is a recipe for** _____ ?
_____ 的食譜是什麼？

■ **What are some recipes for** _____ ?
_____ 的食譜有哪些？

■ **What are the ingredients for** _____ ?
_____ 有哪些成分／原料？

■ **What is an easy recipe for** _____ ?
_____ 的簡易食譜是什麼？

■ **How can I make** _____ ?
我要怎麼做 _____ ？

brownies	pancake	apple pie
布朗尼	鬆餅	蘋果派

tacos	roast duck	mapo tofu
玉米餅	烤鴨	麻婆豆腐

Korean bibimbap	fried rice	steak
韓式石鍋拌飯	炒飯	牛排

scrambled eggs	omelet	dumplings
炒蛋	歐姆蛋	水餃

Tournedos Rossini	Basque Burnt Cheesecake
羅西尼牛排	巴斯克焦香乳酪蛋糕

實用句子

What are some popular recipes?

著名的食譜有哪些？

Who are some popular chefs?

著名的廚師有哪幾位？

■ **What are some good _____ recipes?**
有哪些好的 _____ 食譜？

Mexican food	Chinese food	American food
墨西哥食物	中式料理	美式料理
Korean food	Italian food	French food
韓式料理	義式料理	法式料理
Indian food	fried food	vegetarian food
印度料理	炸物	素食料理

healthy food   thanksgiving dinner
健康料理   感恩節晚餐

breakfast   lunch   dinner
早餐   午餐   晚餐

Margherita Pizza   Lobster Bisque   pumkin
瑪格麗特披薩   龍蝦濃湯   南瓜

Bloody Mary   appetizers
血腥瑪麗雞尾酒   前菜

Entertainment
娛樂

What are Taylor Swift's most popular songs?

泰勒斯最受歡迎的歌有哪些？

發音示範

口語練習

■ **What are** _____ **'s most popular songs?**
_____ 最受歡迎的歌有哪些？

實用字彙

Lady Gaga	Beyonce	Michael Jackson
女神卡卡	碧昂絲	麥可・傑克森

the Beatles	Taylor Swift	Twice
披頭四樂團	泰勒斯	韓國女團

PSY	BTS	Jay Chou	Jolin Tsai
江南大叔	防彈少年團	周杰倫	蔡依林

Justin Bieber	Zayn	Ariana Grande
小賈斯汀	贊恩	亞莉安娜‧格蘭德

■ **What were the most popular songs of 2018?**
2018 最流行的歌曲有哪些？

■ **Who were the most popular singers of the _____ ?**
_____ 最流行的歌手有哪些？

■ **What were the most popular bands of the _____ ?**
_____ 流行的樂團有哪些？

實用字彙

1950s	1960s	1970s	1980s
1950 年代	1960 年代	1970 年代	1980 年代

1990s	2000s	2010s	2020s
1990 年代	2000 年代	2010 年代	2020 年代

■ **What are some of the most popular** _____ ?
最流行的 _____ 有哪些？

TV shows	Korean dramas	movies
電視節目	韓劇	電影

video games	novels ／ books	musicals
電動遊戲	小說／書	音樂劇

records	baby girl names	social media
專輯	女嬰名字	社群媒體

Internet celebrities	podcasts	Christmas gifts
網紅	播客	聖誕禮物

food recipes	apps	fashion styles
食譜	應用程式	時尚風格

color trends in 2020	running shoes
2020 年的顏色趨勢	跑步鞋

comics	websites
漫畫	網站

Chapter 16

Calories and Nutrition
卡路里和營養

 How many calories are there in avocado?
酪梨裡面含有多少卡路里呢？

發音示範

口語練習

小提醒

★ **how many:** countable nouns: apples, bananas, eggs...
可數名詞：蘋果、香蕉、蛋……，這些名詞用 "how many"

★ **how much:** uncountable nouns: water, rice, bread...
不可數名詞：水、米、麵包……，這些名詞用 "how much"

■ **How many calories are there in** _____ ?
_____ 裡面含有多少卡路里呢？

■ **How much sugar is there in** _____ ?
_____ 裡面含有多少糖分呢？

■ **How many carbohydrates are there in** _____ ?

_____ 裡面含有多少碳水化合物呢？

■ **How much fat is in** _____ ?

_____ 裡面含有多少脂肪呢？

■ **How much calcium is in** _____ ?

_____ 裡面含有多少鈣呢？

實用字彙

a chocolate chip cookie	white bread
一塊巧克力餅乾	白麵包

a Mcdonald's hamburger	salmon
一個麥當勞的漢堡	鮭魚

pork dumplings	sushi	chicken curry
豬肉水餃	壽司	咖哩雞

orange juice	Coca Cola	red wine
柳橙汁	可口可樂	紅酒

avocado	tofu	nuts
酪梨	豆腐	堅果

What are some popular diets?

有哪些受歡迎的日常飲食菜單？

What is the ketogenic diet?

什麼是生酮飲食？

What foods are high in protein?

有哪些食物蛋白質含量高？

What is the rainbow diet?

什麼是彩虹飲食法？

What are some healthy vegetables?

有哪些是健康蔬菜？

How do I lose weight with intermittent fasting?

我要如何實施間歇性斷食減肥？

What are some unhealthy foods?

有哪些不健康的食物？

Why is the mediterranean diet good for you?

為什麼地中海飲食對你有好處？

How many calories should I eat in a day?

我一天應該攝取多少卡路里？

Which foods have the most calories?

什麼食物擁有最多卡路里？

How much caffeine should I consume in a day?

我一天應該攝入多少咖啡因？

How much water should I drink in a day?

我一天應該喝多少水？

What foods are red?

哪些是紅色食物？

How do I start a macrobiotic diet?

我要如何開始延壽飲食法？

Is the low carbohydrate diet healthy?

低醣飲食法健康嗎？

Health and Lifestyle
健康與生活型態

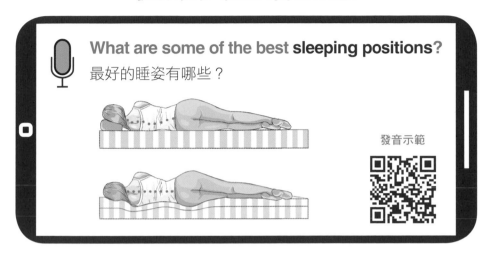

What are some of the best sleeping positions?
最好的睡姿有哪些？

發音示範

口語練習

Sleep　睡眠

When is a good time to go to sleep?
何時是去睡覺的好時機？

When is a good time to wake up?
何時是起床的好時機？

How many hours of sleep should I need each night?
每晚我應該需要多少小時的睡眠？

What are some of the best sleeping positions?

最好的睡姿有哪些？

How can I sleep well every night?

要如何做我才能每晚都睡好？

When should I take a nap?

什麼時候我該小睡一下？

■ **What are some good exercises I can do _____ ?**
有哪些運動是我可以在 _____ 做的？

Exercise 運動

at home	at the gym	on vacation
在家	在健身房	在度假的時候

How many days of the week should I exercise?

一週我該運動多少天？

How often should I exercise?

我多久該運動？

How long should I exercise?

我應該要運動多久？

When should I stretch when working out?

鍛鍊身體時我什麼時候該做伸展？

What are good types of stretching?

伸展有哪些好的類型？

實用句子

Yoga and Meditation　瑜珈和冥想

When is a good time to practice yoga?

何時是練習瑜珈的好時段？

Where is a good place to practice yoga?

何處是練習瑜珈的好地方？

What are some good yoga routines?

瑜珈有什麼好的例行要點？

How long should I practice yoga?

我應該練瑜珈多久？

What are the benefits of practicing yoga?

練瑜珈有哪些好處？

What are the benefits of meditation?

冥想有哪些好處？

What time of day is best for meditation?

一天當中什麼時候是冥想的最佳時段？

How long should I meditate?

我應該冥想多久？

What are some good meditation techniques?

好的冥想技巧有哪些？

Songs
歌曲

 Please show me the music video of the tango.
請顯示探戈的音樂影片（MV）給我。

發音示範

口語練習

■ **What are the song lyrics for** _____ ?
_____ 的歌詞是什麼？

實用詞彙

Let It Go　　　　You need to calm down

We Don't Talk Anymore　　Thriller　　Senorita

Last Christmas　　Speechless　　Chandelier

■ **Please show me the music video of** _____ .
請顯示 _____ 的音樂影片（MV）給我。

TT   Beat it   Sugar   Happy   24K Magic

Closer   Havana   See you again

■ **Please sing me** _____ .
請唱 _____ （歌名）給我聽。

■ **What is the** _____ **song?**
_____ 是什麼歌曲（謠）？

■ **How do I sing the** _____ **song?**
_____ 歌曲（謠）要怎麼唱？

Old MacDonald Had a Farm   Bingo
老麥當勞先生有塊地   賓果歌（英文兒歌）

Twinkle Twinkle Little Star   Hokey Pokey
小星星   經典英文兒歌

London Bridge Is Falling Down

倫敦鐵橋垮下來

■ **Please show me the _____ dance video.**
請讓我看 _____ 的舞蹈影片。

實用詞彙

Y.M.C.A.

美國迪斯可組合村民（Village People）
錄製的一首舞曲

Macarena	Tango	SALSA	Moonwalk
瑪卡蓮娜	探戈	騷莎舞	月球漫步舞

Ballroom Dancing	Hokey Pokey
國標舞	變戲法

Party Rock Anthem	Chicken dance
美國流行樂，此舞步曾風靡一時	美國鴨子舞

belly dance	tap dance
肚皮舞	踢踏舞

■ **Sing me** _____ .
請唱 _____ 給我聽。

實用詞彙

happy birthday
_____
生日快樂歌

a Christmas song
_____
一首聖誕歌曲

a love song
_____
一首情歌

a country song
_____
一首鄉村歌曲

實用句子

Google Assistant sing a song for me.
_____
谷歌助理唱歌給我聽。

Sing a romantic song for me.
_____
唱首羅曼蒂克的歌給我聽。

Can Google sing songs for me?
_____
谷歌大神可以為我唱首歌嗎？

Read me a story, and sing me a song.
_____
給我講一個故事和唱首歌。

Pets
寵物

Where can I adopt a hamster?

我可以到哪裡領養一隻倉鼠？

發音示範

口語練習

■ **Where can I adopt a _____ ?**
　我可以到哪裡領養一隻 _____ ？

■ **Where can I buy a _____ ?**
　我可以到哪裡買一隻 _____ ？

實用字彙

pet	dog	cat	bird	hamster
寵物	狗	貓	鳥	倉鼠
fish	rabbit	lizard	turtle	pig
魚	兔子	蜥蜴	烏龜	豬

■ **Where can I buy** _____ ?
哪裡可以買 _____ ?

pet food	pet toys	pet supplies
寵物飼料	寵物玩具	寵物用具

pet accessories	pet clothes	medicine
寵物裝飾	寵物服飾	藥

cages	books	leashes	collars
籠子	書本	牽繩	項圈

How can I train my pet?

我能如何訓練我的寵物？

How do I stop my dog from barking?

如何讓我的狗狗不要叫？

How can I stop my cat from biting me?

如何讓我的貓不要咬我？

Why is my rabbit shivering?

為何我的兔兔在發抖？

■ **Where can I find a** _____ ?

我可以到哪裡找到 _____ ？

pet trainer   veterinarian (vet)   pet groomer

寵物訓練師   獸醫   寵物美容師

pet barber shop   dog／cat breeder

寵物美容院   狗／貓飼養員

pet friendly restaurants   pet sitter

寵物友善餐廳   寵物保姆

■ **How can I** _____ ?

我要如何才能 _____ ？

實用詞彙

take care of my pet   brush my pet's teeth

照顧我的寵物   刷我寵物的牙齒

wash my pet   check my pet for ticks

幫我的寵物洗澡   幫我的寵物除壁蝨

treat my wounded pet   make my pet happy

處理我受傷的寵物   讓我的寵物開心

feed my pet
餵我的寵物

walk my pet
遛我的寵物

discipline my pet
管教我的寵物

feed my cat a pill
餵我的貓咪吃藥

teach my cat to use the toilet
教我的貓咪上廁所

■ **How often should I** _____ ?
我多久應該 _____ ？

實用詞彙

take my pet to the veterinarian
帶我的寵物去看獸醫

wash my pet
洗我的寵物

take my dog out for a walk
帶狗狗出去散步

take my dog out to pee
帶狗狗出去尿尿

How To's
詢問……的做法

 How do I start a fire without matches ?
請問我要如何不用火柴生火？

發音示範

口語練習

■ **How do I use my _____ ?**
我要如何使用我的 _____ ？

實用字彙

Android phone	iPhone	smartwatch
安卓手機	蘋果手機	智慧型手錶

Apple Watch	phone as a mobile hotspot
蘋果手錶	手機成為行動熱點

■ **How can I** _____ ?
我要如何 _____ ？（使用智慧型裝置）

實用詞彙

turn on my phone with my voice
用聲控開機

turn on Google Assistant
打開谷歌助理

use Google Maps
使用谷歌地圖

apply for a credit card online
在線上申請信用卡

connect my phone to a smart TV
將我的手機連接到智慧電視

set up an alarm on my phone
設定手機的鬧鈴

change my phone battery
更換手機電池

set up voicemail
設定語音信箱

谷歌大神！我用英語問，請你回答哦！

take a screenshot

手機螢幕截圖

block a phone number

封鎖一個電話號碼

■ **What can I do** _____ ?
_____ 我可以怎麼做？

實用詞彙

if my phone is slow

如果我的手機跑不動

if my computer has a virus

如果我的電腦中毒

to save battery on my phone ／ tablet

要省手機／平板電腦的電量

■ **How can I** _____ ?
我要如何 _____ ？（一般情況）

實用詞彙

fold my clothes

折我的衣服

build a cabinet

組裝一個櫃子

replace a popped tire

更換爆胎

tie a tie

打領帶

build a shelter

搭建一個避難所

make a mousetrap

做一個捕鼠陷阱

use a ladder safely

安全地使用梯子

take good pictures

照出好看的相片

set up a surround sound system

建立環繞聲道系統

install an air conditioner

安裝一台冷氣機

■ **How do I _____ ?**

請問我應該如何 _____ ？

實用詞彙

wear makeup

上妝

shave my face

刮鬍子

do CPR

做心肺復甦術

float in the water

漂浮在水上

start a fire without matches

不用火柴生火

Part
4

谷歌大神！
數字和價錢
怎麼說呢？

Google, Present
All Kinds of Numbers
谷歌大神，介紹給我各類數字

What is a number?

什麼是數字？

0123Ҷ
56789
╂┼╳┌╲┃

發音示範

口語練習

Whole Numbers 整數

■ **What is a number?**
什麼是數字？

■ **What is _____ ?**
什麼是 _____ ?

實用字彙

a whole number	a prime number	an integer
整數	質數	整數

square root	second power	third power
開根號	平方	立方

What are natural numbers?

什麼是自然數？

Show me even and odd numbers.

請為我顯示偶數和奇數。

Why are numbers important?

為什麼數字很重要？

How do you count to ten in Japanese?

如何用日語數到 10？

What numbers are unlucky in China?

哪一個數字在中國是不吉利的？

Why is Friday the 13th considered bad luck?

為什麼 13 號星期五被認為是不吉利？

Decimals and Fractions　小數和分數

■ **What is a decimal?**
什麼是小數？

■ **What is a fraction?**
什麼是分數？

Addition, Subtraction, Multiplication, and Division
加、減、乘、除

■ **What is _____ in math?**
數學中的 _____ 是什麼？

實用字彙

addition	subtraction	multiplication
加法	減法	乘法
division	per cent（％）	less than（＜）
除法	百分比	小於
greater than（＞）		equal to（＝）
大於		等於
not equal to（≠）	factor	multiple
不等於	因數	倍數
positive	negative	zero
正	負	零

Chapter 22

Decimals and Fractions
小數和分數

 How can I change a decimal to a fraction?
我要怎麼把小數轉換成分數？

$$\frac{2}{5} + \frac{2}{5} = \frac{\Box}{\Box}$$

發音示範

口語練習

Decimals 小數

■ **How do I read a decimal (decimal number)?**
我要怎麼讀小數（十進位數）？

→ 0.1 = point one

0.01 = point zero one

3.54 = three point five four

■ **How can I change a decimal into a percent?**
我要怎麼把小數轉換成百分比？

→ 0.1 × 100 = 10%

What is a decimal (decimal number)?

什麼是小數（十進位數）？

How can I change a decimal to a fraction?

我要怎麼把小數轉換成分數？

Fractions　分數

■ **What is a fraction?**
什麼是分數？

■ **How can I read a fraction?**
我要怎麼讀分數？

■ **What is _____ ?**
什麼是 _____ ？

the numerator and the denominator in a fraction

分數中的分子和分母

a proper fraction

真分數

an improper fraction

假分數

a mixed number

帶分數

■ **How can I** _____ **?**

我如何能 _____ ？

add fractions

將分數相加

subtract fractions

將分數相減

add and subtract improper fractions

將假分數相加和相減

multiply fractions

將分數相乘

divide fractions

將分數相除

multiply and divide improper fractions

將假分數相乘和相除

change a fraction to a decimal

將分數改為小數

Chapter 23

Addition, **S**ubtraction, **M**ultiplication and **D**ivision

加、減、乘、除

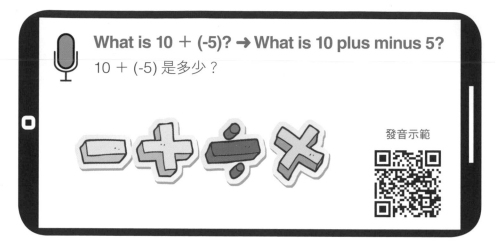

> **What is 10 + (-5)? → What is 10 plus minus 5?**
> 10 + (-5) 是多少？

發音示範

口語練習

Addition 加法

■ **What is addition in math?**
數學裡的加法是什麼？

■ **What is _____ ?**
_____ 是多少？

→ plus ＝加（＋）

0 plus 1

0 + 1

1 plus 1

1 + 1

2 plus 2

2 + 2

5 plus 5

5 + 5

50 plus 50

50 + 50

500 plus 500

500 + 500

100 plus 1

100 + 1

200 plus 2

200 + 2

500 plus 5

500 + 5

10 plus minus 5

10 + (-5) ➜ 10 加 -5

1 plus minus 100

1 + (-100) ➜ 1 加 -100

minus 2 plus 200

-2+200 ➜ -2 加 200

minus 500 plus 1000

-500+1000 ➜ -500 加 1000

Subtraction 減法

■ **What is subtraction in math?**
數學裡的減法是什麼？

■ **What is** _____ **?**
_____ 是多少？

→ minus ＝減（－）

實用詞彙

1 minus 1	2 minus 1	10 minus 5
$1 - 1$	$2 - 1$	$10 - 5$

50 minus 30	100 minus 99	0 minus 0
$50 - 30$	$100 - 99$	$0 - 0$

300 minus 500	0 minus 1	1 minus 100
$300 - 500$	$0 - 1$	$1 - 100$

5 minus minus 5	1 minus minus 100
$5 - (-5)$ → 5 減 -5	$1 - (-100)$ → 1 減 -100

Multiplication　乘法

■ **What is multiplication in math?**
數學裡的乘法是什麼？

■ **What is _____ ?**
_____ 是多少？

➔ times ＝乘（＊／×）

1 times 1	2 times 2	5 times 5
1×1	2×2	5×5

10 times 10	100 times 100	0 times 0
10×10	100×100	0×0

300 times 500	0 times 1	1 times 100
300×500	0×1	1×100

5 times minus 5	100 times minus 1
5×(-5) ➔ 5 乘以 -5	100×(-1) ➔ 100 乘以 -1

Division　除法

■ **What is division in math?**
　數學裡的除法是什麼？

■ **What is _____ ?**
　_____ 是多少？

➜ divided by ＝除（ ÷ ／ ）

➜ 也可以說是被除，像是 10÷2 是「10 被 2 除」的意思。

實用詞彙

1 divided by 1	1 divided by 2
1÷1	1÷2
10 divided by 2	50 divided by 10
10÷2	50÷10
100 divided by 2	36 divided by 6
100÷2	36÷6
81 divided by 3	minus 9 divided by 3
81÷3	-9÷3

minus 10 divided by minus 2

-10÷(-2) ➜ -10 除以 -2

➜ -10 被 -2 除

3 divided by 0

3÷0

Telephone／Cell Phone Numbers 電話和手機號碼

Chapter **24**

What is my mom's cell phone number?
我媽的手機號碼是幾號？

+1234567890

發音示範

口語練習

■ **What's my cell phone number?**
我的手機號碼是幾號？

■ **What is _____ cell phone number?**
_____ 的手機號碼是幾號？

實用字彙

my mom's ／ my dad's
我媽媽的／我爸爸的

（*insert name*）
（輸入名字）

What is my home phone number?

我家的電話號碼是幾號？

Where can I find my phone number?

我可以在哪裡找到我的電話號碼？

■ **What is the phone number for** _____ ?
_____ 的電話號碼是幾號？

Starbucks

星巴克

Mcdonalds

麥當勞

the hospital

醫院

the dentist

牙醫

the middle school

國中

the university

大學

the bank

銀行

the Department of Motor Vehicles

監理所

the fire department

消防局

the embassy

大使館

What is an international calling code?

什麼是國際電話代碼？

What is the country code for _____ **?**

_____ 的國家代碼是幾號？

實用詞彙

Taiwan（R.O.C.）

台灣（中華民國）

the United States of America

美國

Hong Kong

香港

England

英國

Brazil

巴西

Russia

俄羅斯

Japan

日本

Australia

澳洲

China

中國

Germany

德國

Please show me a list of country codes.

請將國家代碼表顯示給我看。

■ **What is the area code for** _____ ?

_____ 的區域代碼是幾號？

■ **What are the area codes for** _____ ?

_____ 的區域代碼有哪些？

Taipei	Miami	Paris	London
台北	邁阿密	巴黎	倫敦
Brasilia	Moscow	Tokyo	Sydney
巴西利亞	莫斯科	東京	雪梨
Beijing	Berlin	Madrid	Bangkok
北京	柏林	馬德里	曼谷

What is an area code?

什麼是區域代碼？

Other Numbers
其他類數字

 What is the average weight of a baby elephant?
一頭小象平均重量是多少？

發音示範

口語練習

■ **What is a sales tax?**
營業稅（或銷售稅）是什麼？

■ **What is the average** _____ in _country_ ?
_（國家）_ 的平均 _____ 是多少？

實用字彙

height	weight	age
身高	體重	年齡

■ **What is the sales tax of** _____ ?
_____ 的營業稅（或銷售稅）是多少？

■ **What is the population of** _____ ?
_____ 的人口有多少？

■ **What is the area of** _____ ?
_____ 的面積有多大？

■ **What are the demographics of** _____ ?
_____ 的人口統計資料有哪些？

實用詞彙

the United States of America	Taiwan（R.O.C.）
美國	台灣（中華民國）

France	England	Mexico
法國	英國	墨西哥

Japan	South Korea	South Africa
日本	南韓	南非

Italy	New Zealand	Uganda
義大利	紐西蘭	烏干達

What is tipping ／ gratuity?

小費是什麼？

Which countries use gratuity?

那些國家會要付小費？

■ **What is the height of** _____ ?

_____ 有多高？

Mt. Fuji	the Alps	Mt. Rushmore
富士山	阿爾卑斯山	拉什莫爾山

Mt. Jade	Taipei 101	the Taj Mahal
玉山	台北 101	泰姬瑪哈陵

the Empire State Building	a redwood tree
帝國大廈	紅木樹

a coconut tree	a giraffe
一棵椰子樹	一隻長頸鹿

■ **What is the length of _____ ?**
_____ 有多長？

an olympic swimming pool | a basketball court
一座奧運規格的游泳池 | 一個籃球場

a soccer field | a tennis court | a track
一座足球場 | 一座網球場 | 一個跑道

a single bed | a full size bed
單人床 | 雙人床

the Nile River | the Yangtze River
尼羅河 | 長江

the Mekong River | the Danube River
湄公河 | 多瑙河

What are the dimensions of a baseball diamond?

棒球場有多大？

■ **What is the average weight of** _____ **?**

_____ 平均重量是多少？

a human baby

一個嬰兒

a human adult

一位成年人

an American

美國人

a watermelon

一顆西瓜

a pineapple

一顆鳳梨

an adult lion

一頭成年獅子

a baby elephant

一頭小象

a cruise ship

一艘遊輪

a freight train

一列貨運火車

a passenger airline

一架客機

an aircraft carrier

一艘航空母艦

a Korean woman

一位韓國女性

a baby at 10 weeks

一個 10 週大的嬰兒

Part

5

帶谷歌大神
一起出國旅行

Travel
Conversation Practice
旅行對話練習

 Please find me a hotel in Hong Kong.
請幫我找在香港的飯店。

發音示範

口語練習

What can I say when I need to ask for directions?

當我需要問路時我可以說什麼？

What are English phrases for giving directions?

有哪些英文片語可以用來指引方向？

What is some travel etiquette?

有哪些旅遊禮儀？

How do I speak to someone who doesn't speak my language?

我如何和不説我的語言的人説話？

Where am I?

我在哪裡？

What is my address?

我的地址是什麼？

What is the name of my hotel?

我的旅館叫什麼名字？

I am lost.

我迷路了。

How is the traffic?

交通狀況如何？

Please find me a hotel.

請幫我找一間飯店。

■ **Please translate... in _____ .**
請幫我將……翻譯成 _____ 。

■ **Find flights to _____ .**
幫我找前往 _____ 的飛機班次。

■ **Find roundtrip ／ one way tickets to _____ .**
幫我找前往 _____ 的來回／單程票。

■ **Please find me a hotel in _____ .**
請幫我找在 _____ 的飯店。

Hue, Vietnam	Singapore	Beijing, China
越南　順化	新加坡	中國　北京

Busan, South Korea	Dubai	Bilbao, Spain
南韓　釜山	杜拜	西班牙　畢爾包

Andalusia, Spain	Beverley, England
西班牙　安達魯西亞	英格蘭　貝弗利

Green Bay, Wisconsin	Mexico City
威斯康辛州（美國）　綠灣	墨西哥市

São Paulo, Brazil	Havana, Cuba
巴西　聖保羅	古巴　哈瓦那

Phuket, Thailand	Ankara, Turkey
泰國　普吉島	土耳其　安卡拉

Mumbai, India	Geneva,Switzerland
印度　孟買	瑞士　日內瓦

Cape Town, South Africa	Oslo,Norway
南非　開普敦	挪威　奧斯陸

如果你還想要請谷歌大神幫你查更多的資料，可以先填在以下的空格，多加練習幾次。到了當地，只要拿起手機就可以馬上問得到哦！

_____ _____ _____

_____ _____ _____

_____ _____ _____

_____ _____ _____

_____ _____ _____

_____ _____ _____

_____ _____ _____

Searching For
Local Information
查詢當地的資訊

Chapter 27

Are there any good **places to drink around here?**   這附近有好的喝飲料的地方嗎？

發音示範

口語練習

■ **What is the** _____ **of my hotel?**
我住的飯店的 _____ 是什麼？

實用字彙

<table>
<tr><td>name</td><td>address</td><td>phone number</td></tr>
<tr><td>名字</td><td>地址</td><td>電話號碼</td></tr>
</table>

■ **Where is** _____ **?**
_____ 在哪裡？

■ **How do I ask** "**where is** _location_ ?" **in** _language_ ?
我要怎麼用 ___(語言)___ 來問 ___(地點)___ ？

Location　地點

my hotel

我的飯店

my reservation

我預訂的地方

the (nearest) airport

（最近的）機場

the (nearest) train station

（最近的）火車站

the (nearest) subway station

（最近的）地鐵站

the (nearest) bus station

（最近的）公車站

the (nearest) hospital

（最近的）醫院

the (nearest) restaurant

（最近的）餐廳

the (nearest) police department

（最近的）警察局

the (nearest) bathroom

（最近的）廁所

Language   語言

Chinese	Korean	Japanese	Thai
中文	韓文	日文	泰文

Arabic	Spanish	French	Italian
阿拉伯文	西班牙文	法文	義大利文

Portuguese	Russian	Malay
葡萄牙文	俄文	馬來語

實用句子

What can I do in this area?

我在這附近可以做什麼？

What are fun things to do near me?

我這附近有哪些有趣的事情可以做？

What should I bring home from Paris?

我應該從巴黎帶哪些東西回家呢？

What food is Singapore famous for?

新加坡以什麼食物聞名？

■ **Are there any good** _____ **around here?**
這附近有好的 _____ 嗎？

places to eat

吃東西的地方

places to drink

喝飲料的地方

places to hike

徒步旅行的地方

places to camp

露營的地方

walking trails

步道

places to get a massage

按摩的地方

places to go shopping

逛街購物的地方

places to exercise

運動的地方

places to go on a date

約會的地方

tourist destinations

觀光景點

cooking classes

烹飪課程

tattoo shops

刺青店

divination shops

占卜店

hardware stores

五金行

Where can I find _____ ?
我可以在哪裡找到 _____ ？

an amusement park	a movie theater
一座遊樂園	一間電影院

an arcade	a zoo	a park
一台遊戲機	一座動物園	一座公園

a museum	a library	a temple
一間博物館	一間圖書館	一座寺廟

a mall	some restaurants
一座商城	一些餐廳

an ATM	a currency exchange
一台自動提款機	一間貨幣兌換所

a pharmacy	a flower shop
一間藥局	一間花店

Chapter 28

Make Google Your Personal Voice Assistant
讓谷歌大神當你個人的語音助理

Do I have any reminders today?
今天我有任何提醒事項嗎？

發音示範

口語練習

General Phone Operations　一般的電話操作

Google, what can you do?

谷歌大神，請問你可以做什麼？

Google, set up an alarm.

谷歌大神，設定鬧鐘。

Open YouTube.

打開 YouTube。

Turn on flashlight.

打開手電筒。

Take a picture ／ video

照張相／錄個影。

Show me the weather this week.

顯示這週的天氣。

Show me my email.

顯示我的網路信箱。

Send me a fun fact every night.

每天晚上傳給我一個有趣的真相。

Send me a joke every morning.

每天早上傳給我一個笑話。

■ **Do I have any reminders** _____ ?
_____ 我有任何提醒事項嗎？

實用詞彙

Reminders **提醒**

today	tomorrow	the day after tomorrow
今天	明天	後天

in 3 days	this week	this month	this year
三天內	本週	本月	今年

Google, set up a reminder.

谷歌大神，設定提醒事項。

Show up a list of reminders.

顯示提醒事項清單。

Cancel reminder.

取消提醒事項。

Cancel all reminders.

取消所有的提醒事項。

When is my next reminder?

我的下一個提醒事項是什麼？

Show me my past reminders.

顯示之前的提醒事項。

Calendar　行事曆

Open calendar.

打開行事曆。

Add an event to my calendar.

在行事曆新增一個事件。

What is my next meeting?

我的下一個會議是什麼？

Show my agenda for tomorrow.

顯示我明天的工作事項（或議程）。

加入晨星
即享『**50 元** 購書優惠券』

──── 回函範例 ────

您的姓名： 晨小星

您購買的書是： 貓戰士

性別： ●男 ○女 ○其他

生日： 1990/1/25

E-Mail： ilovebooks@morning.com.tw

電話／手機： 09××-×××-×××

聯絡地址： 台中　市　　西屯　區

工業區 30 路 1 號

您喜歡：●文學 / 小說　●社科 / 史哲　●設計 / 生活雜藝　○財經 / 商管
（可複選）●心理 / 勵志　○宗教 / 命理　○科普　　○自然　●寵物

心得分享：

我非常欣賞主角…

本書帶給我的…

"誠摯期待與您在下一本書相遇，讓我們一起在閱讀中尋找樂趣吧！"

國家圖書館出版品預行編目（CIP）資料

牛津英語大師教你Google英語學習術／路易思,
Gemma, Jack Mercia著. -- 初版. -- 臺中市：
晨星, 2020.04
面；　公分. --（語言學習；06）
ISBN 978-986-443-978-2（平裝）

1.英語　2.學習方法　3.網路資源

805.1029　　　　　　　　　　　　109000284

語言學習 06

牛津英語大師教你Google英語學習術
用AI人工智慧陪你學習，做你24小時的免費隨身家教

作者	路易思 Luiz、Gemma、Jack Mercia
編輯	余順琪
錄音	Jack Mercia
封面設計	耶麗米工作室
美術編輯	林姿秀
創辦人	陳銘民
發行所	晨星出版有限公司
	407台中市西屯區工業30路1號1樓
	TEL：04-23595820　FAX：04-23550581
	行政院新聞局局版台業字第2500號
法律顧問	陳思成律師
初版	西元2020年04月01日
總經銷	知己圖書股份有限公司
	106台北市大安區辛亥路一段30號9樓
	TEL：02-23672044／02-23672047　FAX：02-23635741
	407台中市西屯區工業30路1號1樓
	TEL：04-23595819　FAX：04-23595493
	E-mail：service@morningstar.com.tw
	網路書店 http://www.morningstar.com. tw
讀者專線	02-23672044／02-23672047
郵政劃撥	15060393（知己圖書股份有限公司）
印刷	上好印刷股份有限公司

定價 280 元
（如書籍有缺頁或破損，請寄回更換）
ISBN：978-986-443-978-2

Published by Morning Star Publishing Inc.
Printed in Taiwan